너
의
마
음
에
똑똑

너의 마음에 똑똑

장하연 지음

좋은땅

차례

1부 — 나의 사랑

2부 — 너에게 하고픈 말

1부

나의 사랑

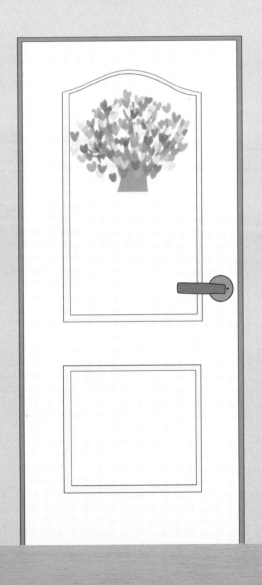

잊는다는 건

사랑은 쉽게
잊을 수 없는 것이다.
그것이 옛사랑이든
현 사랑이든
미래의 사랑이든
쉽게 잊을 수 없는 것이 사랑이다.

연락이 오는 이유

전 애인이 너에게 연락이 오는 이유는 너를 못 잊었기에

그 사람은 그 시간에서 멈추었기에

다시 연락을 시도한다.

후회

후회 없는 사랑은 없다.

모든 사랑은

후회를 딛고 살아가며 배운다.

행복

너의 웃음은 나의 행복.

행운

지나치다 운명이라고
생각이 드는 사람을 놓치지 말아요,
다시는 안 오는 행운일지 모르니까.

껌

사랑의 시작은 달고 끝은 쓰다.
계속되지 못하는 사랑은
어쩔 수 없이 뱉어 내기 마련이다.

너를 웃게 만들고 싶어

저기, 꽃 좀 봐봐 예쁘지?
저 꽃처럼 너의 미소도 아름다워.

너라서 가능했던 일

고마워 너라서 좋았고 너라서 행복했었어.

제일 듣고 싶었던 말

"사랑해,

난 언제나 네 편이야."라는 말,

참 듣고 싶던 말.

클로버

세잎클로버는 행복이고,
네잎클로버는 행운이래.
너는 나의 행복이자 행운이야.

말의 중요성

오글거린다곤 하지만
말 예쁘게 하는 사람이 좋더라.

좋아해

누가 날 좋아한다는 것
그것
참 설레는 일이다.

미련 없이

사랑할 때는 진심으로 사랑해라, 밀당처럼

스릴 있는 사랑도 있지만,

무엇보다도 미련 없는 사랑을 해라.

너같이

적극적인 사람이 좋더라,

너처럼.

닮아 가고 싶어

널 알고 나니까 내가 달라져만 가.

첫사랑

내가 좋아하는 첫사랑은 처음 해서

첫사랑이 아니라

내가 처음으로

많이 좋아했던,

정말 많이 좋아했던 사람이

첫사랑이라고 생각한다.

난 언제나 네 편

모든 사람이 널 좋아할 순 없어.
그러니 너무 힘들어하지 마
적어도 난 널 좋아하니까.

상사병

너에게 나는 별거 아닌가 봐
난 네 생각에 밤새 잠도 자지 못했는데.

지금은 힘들겠지만

슬픔이 널 앗아 가지 않아.

넌 이겨 낼 수 있어.

하나의 폭풍우가 지나가는 거니

잘 참고 견뎌 내길,

나도 너와 함께 있을게.

사실인걸

너를 놀리는 게 아니라
네가 정말 귀여운 걸 어떡해.

사랑스러워

저 멀리서 달려오는 네가 얼마나 사랑스러운지

넌 모를 거야.

현재 진행형

추억으로만 남는 것이 아닌
너와의 시간을 현재 진행형처럼
계속 진행하고 싶어.

좋아하나 보다

너의 이름을 들었을 뿐인데

왜 난 설레일까?

볼은 빨개지고 웃음만 난다.

너의 이름만으로도, 너의 소식만으로도

난 행복해지나 보다.

나만큼은

다른 사람이
너의 말을 안 듣고 귀를 막더라도
나는 옆에서 너의 귀가 되어 줄게.

불안함과 설렘 사이

이상하다.
평소 침착하게 잘 있었던 나인데,
너만 생각하면 침착해질 수 없고 불안해진다.

네가 옆에 있으면 설레고
네가 옆에 없으면 불안하고

네가 곁에 있으면 어쩔 줄 몰라 하지만 좋고
네가 곁에 없으면 걱정되고

이 모든 감정은 불안함과 설렘 사이
그 무언가, 너의 행동 하나하나가 나에게
크게 다가오게 된다.

그리워한다는 건

나는 너를 피해서 더 먼 곳으로 갔는데
너의 생각은 어딜 가든지 다시 따라오더라.
이러려고 도망친 거 아니었는데
내 계획은 물거품이 되고 말았어.
모든 게 너 때문이라고 말할 수는 없어.
무조건 피하려고 했던 내 잘못이니까.
너도 날 그리워하고 있을까?

매력

남들과 다르다고 웅크려 있지 말아요.

사실 모든 사람이

다 다른 게 사실인데

그것을 인정하지 못하고

비판하는 사람이 잘못된 거니까,

바꾸려고 노력하지 않아도 돼요.

당신은 그냥 당신인 거예요.

얼마나 매력 있는데요.

후유증

다 끝난 줄 알았는데
힘들 때마다 더 괴롭게 만드는 녀석,
참 싫다.

운명

다시는 안 올 운명 같았는데
생각지도 못할 때 다시 운명이 시작된다.

괜찮아

네가 나를 기억 못 할지라도
슬퍼하지 않고 다시 다가갈게.
그때 그 시절 우리처럼.

핑계

그대에게 나는 잘못한 것이 많아서
나는 그대에게 다가가질 못해요.
용기가 없는 것뿐만 아니라
그건 양심에 어긋날 것 같아서
이런 핑계, 저런 핑계를 대며
또 하루를 그냥 흘러보내요.

그 무엇보다 더 큰 위로

'괜찮다, 괜찮다' 할 때
결코 괜찮지 않았는데
계속 두려움에 떨고 있을 때마다
함께 있어 주어서 고마워.

추억의 뒷모습

그리운 건지 그냥 생각난 것인지,
보고 싶은 건지 잘 생각해라.

그냥 추억에 휩쓸려서
다시 시작하지 마라.
추억은 좋은 추억만
생각나기 마련이니까.

핑계 2

그대에게 보고 싶다고 말하고 싶은데 용기가 안 나요.
너무 실망만 안겨 주었기 때문에
미련이 남았나 봐요.

날 잊지 말아요

당신만은 날 기억해 줄래요?
모든 사람이 다 나를 잊고
돌아서는 것은 괜찮지만
당신만은 나를 기억해 주세요.

나빴던 사랑

지금 생각하면 그들에게 설레었던
내가 우스워요.
짧은 순간에도 그를 생각하고
간단한 호의에도 놀라워하는
내가 안타까워요.
그것 말고도 좋은 순간들이
더 많았을 텐데.

이제는

모든 감정에 나는 솔직해질래요.
더 이상 숨기지 않을게요.

모든 순간

당신이 즐거울 때
함께해 준 사람들도 좋지만,
당신을 정말 생각한다면
힘들어할 때도 함께 있어야죠.
모든 순간을
함께 보내야 좋은 사람인 거예요.

인연

지나간 인연에 너무 목매어 있지 마세요.

그냥 꽃잎이 떨어지듯

그냥 그런 인연이었을 뿐이었어요.

혼자 추억에 갇혀서

스스로 묶어 두지 마세요.

밉다, 정말

왜 보고 싶은 날에는 안 나타나요?
내가 당신을 미워할 때는
그렇게 잘 나타났으면서.

그래도 괜찮아

너는 나를 잊고 돌아섰는데

나 혼자서 너를 기억해.

간절함

간절함은 나타내려고 하지 않아도
자연스럽게 드러나게 되어 있다.
당신이 정말 간절하다면
그 사람도 알아줄 것이다.

어디라도

당신과 함께 떠나는 여행이라면
종이배 여행이라도 좋아요.

감정 변화의 이유

서운했다가 좋았다가 싫었다가

반복하는 거 보면

나는 너에게 빠졌나 보다.

제일 듣고 싶었던 말 2

많이 힘들었겠다.

괜찮아?

안아 줄까?

타이밍

무엇이든지 타이밍이다.
사랑에서든지, 우정에서든지
모든 것은 타이밍으로 이루어진다.

너 말이야

다른 사람에게 너를 맞추려고 하지 마,
너는 너대로 매력 있으니까.

내 편

모두가

다 등을 돌릴 때

너만이 내 편을 들어 준다면

그걸로 족해.

내가 맞춰 갈게

너와 내가 다르더라도 상관없어.
서로 맞춰 가면 되는 거니까.

울지 마요

솔직히 너무 힘들었어요.
허나 그대 눈에 눈물이 맺히게 하는 게
그게 더 힘들어서 그냥 난 웃었어요.

때론

때론 부러웠어요,
힘들면 바로 우는 당신이
어떤 표현이든 솔직한 당신이
때론 부러웠어요.

안아 줘요

그댄 알까요? 내가 이렇게 힘든지?

알면 좀 안아 줘요.

나는 말보다 그냥

안아 주는 게 좋더라고요.

그런 애

그런 애가 있어.
뭘 해도 행복하고 웃음만 나는 사람,
하지만 반대로 뭘 해도
힘들고 웃음 나지 않은 사람도 있어.

그걸 보면 현명하게 대처하라는 것 같아
너에게 웃음만 주는 사람을 만나
감정 소비까지 하면서
네가 힘들어하지 않았으면 해.

시선

왜 이리 불안할까
너랑 내가 보는 건 같은데
다른 곳을 보는 것만 같아.

나는 널 생각하는데
너는 날 생각하지 않는 것 같아.

어디서부터 잘못되었을까?

제발

내 꿈에 제발 나오지 좀 마.
네가 나오니까 자꾸 보고 싶잖아.

예뻐 보이고 싶을 때

누군가에게 잘 보이고 싶을 때가 있다.
그 사람이 선생님이거나
그 사람이 남자나 여자거나
그럴 때는
일부러 더 밝은 척을 하곤 한다.
더 들떠서 잘하던 것은 더 잘하는 것처럼,
못하는 것은 안 보여 주려고
숨어 버리고 만다.

그러다가 잘 못 보이면 피하거나,
지나갈 때 잘 보이고 싶을 때의
밝을 때보다 훨씬 더 밝은 모습을 보여 주려고 한다.
네가 없어도 난 괜찮다는 것을 증명하려는 듯
왜 잘 보일 때와 잘 못 보일 때,
자신의 모습보다
한층 더 좋게 보이려 할까?
그래 놓고 들키면 왜 힘들어할까?

아이야.
너의 모습을 그대로 보여 줘도
뭐라고 할 사람 없어.

아이야.
너의 모습을 진실하게 보여 줘.
그게 더 진정성 있단다.

그 사람이 누구든
너의 모습을 숨기려고 하거나
돋보이려고 애쓰지 않아도 돼.

네가 어떤 모습이든
널 좋아하는 사람은
항상 너의 곁에 있으니
너무 멀리서 찾으려고 안 해도 돼.

나의 첫사랑

첫사랑이란
처음으로 사귄 사람을 대체적으로 뽑곤 하는데
난 처음이라는 단어보다
오랫동안이라는 단어를 택하려고 한다.

6년 동안 좋아했던 사람이 있었다.
비록 결과는 좋진 않았지만
그렇다고 해서 안 좋은 추억은 아니다.

오히려 어렸을 때의
좋은 추억이라고 생각한다.
처음으로 그 사람을 좋아했으며,
처음으로 사랑에 대해서
생각해 볼 수 있었다.

지금 생각하면
'그 사람은 뭐 하고 있을까?' 하고
생각하며 좋은 추억을 떠올리게 된다.

첫사랑은 안 이루어진다고
얘기하곤 한다.
이 말은 첫사랑을 위로해 주는 말이라고 생각한다.
비록 첫사랑이 이루어지는 사람들이
종종 있지만,
첫사랑을 실패하는 사람들을 위해서
"당신만 그런 것이 아니니 힘내세요,
첫사랑은 안 이루어진대요."라고
말하는 것만 같다.

여러분의 첫사랑은 어땠나요?
당신도 어쩌면 이 말로 인해
위로를 받았나요?

걱정하지 마세요.
어디선가 여러분을 찾고 있는 사람이 있을지 모르니까
애타게 기다리지 않아도 돼요.
운명은 정말 예상하지도 못하게 찾아오니까요.

미안해

미안해, 나는 쿨하지 못해서
너의 소식이 들려올 때면
나는 흔들리곤 했어.

불

너와 나는 그 행동으로 인하여
젖은 땅에 불 피운 것과 같이
전처럼 타오르지 않을 것이니
우리는 점점 식어 가는 것과 같아.

끈

나만 널 붙잡고 있었나 보다

넌 날 놓은 지 오래였는데.

기대

기대하면,
서운함이 생기고
서운함이 생기면,
알 수 없는 금이 생기곤 한다.

나쁜 놈

넌 나에게 나쁜 놈이다
사정없이 나의 마음을 흔들어 놓고
아무것도 모르는 척 떠나가 버리는
너는 나에게 정말 나쁜 놈이다
그런 너에게 난 기대하지 말았어야 했는데
또 난 너에게 기대하고 말았다.

그렇게 나쁜 놈인 걸 아는데
난 왜 네가 생각나는지
또 오늘 밤 나는 베개를 적신다.

2부

너에게 하고픈 말

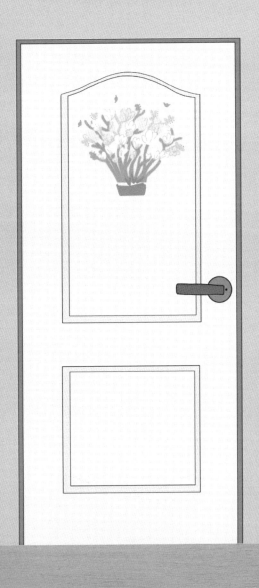

정

정이 많은 사람이 더 힘들어진다.

후회

후회해라.

그리고 다시는 그런 일 하지 말고 기억해라.

걱정하지 마

새로운 만남은
어색한 게 어려운 게
당연해.

두 번 이상

한 번은 실수,
두 번 이상은 실수가 아닌 고의.

인간관계

맞아, 인간관계가 제일 힘들어,
하지만 그것만 좇기에 네가 너무 아깝잖아
너무 붙잡고 있지 말자.

치료

울어도 괜찮아,
때론 울음이 치료가 되기도 하거든.
그러니까 참지 않아도 괜찮아.
그럴 수 있어.

좋은 것만

생각이 많았던 하루,

다 떨쳐 내고 좋은 일만 생각하자.

위로

나는 위로를 잘하지 못해,
그 애가 가지고 있는 상처가 너무나 커서
어느 위로도 위로로 못 받을 수 있으니까,
그래서 나는 너를 꽉 안아 줄래

정 없는 위로 한마디보다
곁에 있어 주는 게
더 크다고 생각하니까.

참지 마요

나만 힘든 게 아니라고
애써 부정하며 참았지만
그게 더 큰 병을 만들고 있었다.

다 알지만

다 알고 있었어.

네가 나에 대해서 한 일들, 모두 다

하지만 따지고 싶지 않았어.

그렇게 하면 사이가 틀어질 거라는 거

다 아니까

난 오늘도 참고 버텨.

노잼 시기

그런 시기가 있어.
뭘 해도 재미없을 때,
나 혼자인 거 같을 때
사실은 위로받고 싶은 거일 때.

자책

나도 몰래 나 자신을 자책할 때가 있었다.
나보다 잘하는 사람은 많다고
별거 아닌데 좋아하던 내가
이것밖에 못 한다며
자책하는 내가 되어 버렸다.

나는 내가 챙겨야지

사실 생각 차이였다.
내가 크게 의미 부여한 거였다.
나는 내가 챙겨야 맞는 거였는데.

어리석음

어리석었다고 생각은 하지만

그땐 정말 힘들었고,

방법이 없었다고 생각한다.

나쁜 소문

나쁜 소문은 왜 빨리 퍼지는 걸까?

사람들은 왜 남 얘기하는 것을 좋아할까?

잘 알지도 못하는 정보를 어떻게든 부풀려서

마치 내가 잘 안다는 것처럼

서로에게 알리기 바쁠까?

그냥 흘러가는 대로 두면

안 되는 걸까?

빈말

위로하지 마요,
속은 다 웃고 있는 거 다 알고 있으니까
그런 흔한 빈말은 삼켜 두세요.

불안함

친구에게 집착하는 것은 어쩌면 불안해서

하지만 그렇다고 다 바라는 건

그 애에게 민폐일 뿐이야.

최선

결국 나를 사랑하자였다.

노력해야지,

그게 최선이니까.

쉼표

몸도 마음도 아파하지 말자, 우리
아프면서 큰다고 하지만
그 무게가 너무 크잖아.
꼭 버티려고 애쓰지 않아도 돼.
잠시 쉬어 가자.

지나갈 거야

이 모든 것 또한 다 지나가겠지,
마음껏 힘들어하자.
견뎌 내자.
이겨 내자.

거리감

몇 번 치여 보니까 조심스러워졌어.

그리고 싶지 않았는데

나도 모르게 거리를 두게 돼.

당연한 이치,
믿고 싶지 않은 이치

모든 사람이
날 좋아할 순 없는 것이다.

실망하기 싫어

기대를 많이 하지 말자
그럴수록
실망만 더 커지니까.

너무 어려운 문제

나도 알아,
날 믿고 좋아하는 아이,
믿어 주는 사람은 곁에 있고
아닌 사람은 떨쳐 버리면 되는 거
근데 그건 너무 어려워,
어떻게 다 밀어내.

필요 없는 문제

겉친, 속친이라는 단어는

도대체 누가 만든 걸까?

그것 때문에

신경 쓰는 사람들이 많아진 것 같아.

솔직히 필요 없는 단어인데

그냥 친구라는 그 자체가 좋은데 말이야.

너의 사소한 것들도

말투 하나 바뀌었는데
신경 쓰이는 것은 왜 그럴까?

사과

사과하는 건 용기 있는 거고
사과 안 받는 건 치사한 걸까?
아니,
그 아이는 치사한 게 아니라
너무 쉽게 넘어가는 게 싫은 것이다.

어떻게 알아?

나는 모르겠어,

나도 모르는 마음을 너는 어떻게 아니?

공허

모두 즐거워하는데 나만 공허한 느낌.

모순적인 마음

난 네가 싫은데, 싫어하고 싶은데
난 네가 아프면 걱정되고
기분 안 좋아할 때면 속상해.

당연한 건데
많은 사람이 모르는 것

틀린 게 아니라 다른 것이다.

이해하고 천천히 다가가야 하는 것이다.

하지 않아도 괜찮아

하기 싫은 걸 해야 할 때도 있지만

그렇다고 해서

네가 다 해야 하는 건 아니야.

가까운 사이

가까운 사이일수록
'고맙다, 사랑한다, 미안하다'라는 얘기는
자주 해야 한다.

때론 2

때론 친한 사람보다
먼 사람에게 애기를 털어놓기 쉽다.

부담스러운 관심

'나'에 대한 관심이 과하다 느껴질 때,

나도 모르게 부담이 커져만 가.

미련 없이 2

모든 일은 다 미련 없이 해결해야 한다.

비교

최선을 다했다면 그것으로 된 것이다.

주위랑 비교하지 마라.

도전

도전이라는 단어가 쉽게 느껴질 수 있지만
이 단어는 직접 행동으로 나서기 어렵다.
그렇기 때문에
도전한다는 것만으로도 대단한 것이다.

흔들리지 마

흔들리지 마
넌 네가 선택한 것으로 가
다른 사람들이 뭐라고 해도
넌 너니까.

겉모습

다른 사람들은 말하더라.
너는 힘든 일이 없어 보인다고,
맨날 웃고 즐거워하는데
힘든 일이 어디 있냐고,

근데 다 티를 안 낸 거지,
계속 힘들고 외로웠는데
겉모습만 보고 판단하지 말아 줘.

입이 1개, 귀는 2개인 이유

다른 사람 말을 좀 들었으면 좋겠다.

말은 조금 하고

다른 사람 말을 들어 주라고

입은 1개인 거고 귀는 2개인 것이니까.

울타리

아픈지도 몰랐어,
근데 시간이 지나고 나니까
더 커져 버린 큰 울타리가
나에게 찾아오더라.

습관

눈치 보는 게 습관이 되어 버린 거 같아.

사람

이성이 고픈 것이 아니라
사람이 고픈 것이다.
정, 인심, 사랑, 그런 거.

울타리 2

나를 울타리 안에 가둔 채
하나하나 덮어 버린다.
하나하나 필요 없는 것으로
나를 채워 간다.

마음의 병

마음의 병이라는 거
쉽게 고쳐지지 않는다.
허나 안아 줘.
싫다고 얘기해도 사실 위로가,
너의 품이 필요한 거였으니까.

괜찮은 척

고민도 여러 번 말 못 한다.
두세 번 말하면 지겨워할 테니까,
힘들지만 괜찮은 척,
그래, 괜찮아진 척이
더 효과가 좋더라.

연락

연락이 안 되면
안 되는 대로 그냥 지나치면 되는데
이상하게 너의 연락은
자꾸 애가 타고 불안하다.
그러니 연락을 무시하지 말아 줘.
나에겐 상처로 올지도 모르니까.

버틸 수 있는 정도만

제발 많이 안 바뀌어도 돼요.

괜찮은 정도만,

딱 그 정도만,

내가 버틸 수 있게.

괜찮은 척 2

내가 행복한 일을 하고 있는데도
너 때문에 화가 나고
계속 생각난다면
아직은 괜찮은 게 아니다.
다만 그냥 괜찮은 척을
하고 있는 것이지.

결과만 중요한 게 아냐

어떤 사람은 준비를

일주일, 거의 밤새면서 준비를 한다.

하지만

그 사람의 결과가 나쁘면

사람들은 과정은 안 보고

결과만 본 채

사람들은 비판하기 바쁘다.

지우개

내가 틀린 맞춤법은

지우개로, 화이트로 지우면 돼요.

실수도 같아요.

사과로 지우면 돼요.

단, 최대한 빠르게 하세요.

상처는 오래가면 안 돼요.

마음의 구멍

사람들이
상처받지 않게 한 귀로 듣고 흘리래요,
근데 그걸 못하고 다 받기만 해서
마음의 구멍이 커졌나 봐요.

모르겠어

왜 계속 나를 숨기고 가야 할까?

왜 나를 감춰야만 할까?

마음대로

그러면 안 되는 걸 아는데
너무나도 잘 아는데
내 마음대로 안 돼.

욕심

누가 알아줬으면 좋겠다.
내가 말을 굳이 안 해도 될 만큼.

위로와 동정

위로를 해 주어야 되는 거야.
동정의 눈빛은 사양할 테니까.

이해

이해하는 게 좋은 거야.

남에게 이해를 강요하려고 하지 말고,

너부터 이해하려고 해 봐.

터널

갈 길이 없어.

출발지만 있을 뿐, 출구는 없어.

그냥 꼭 막힌 게 내 마음 같네.

진심

말이 청산유수인 것보다
진심이 느껴지는 게
제일 중요한 문제 같아.

손길

내가 힘들어 지쳐 있을 때,
너의 손을 내밀어 주면 그걸로 족해.
고마워.

생각

선부른 선택은 화를 불러오기 마련이야.

생각은 항상 곱씹고

두 번 생각해서 선택하자.

참을성을 기르는 이유

사람을 싫어하기 싫다.
난 사람을 좋아하고 잘 따르는 성격인데,
그 사람이 미워도 싫어하기 싫어서,
미워하기 싫어서 참을성을 기른다.

나 자신만큼은

누군가가 나를 깎아내리려고 해도
너 자신마저 깎아 내려고 하지 마라.
모든 사람이 다 너를 미워해도
나 자신만큼은 아껴 줘야지,
그래야 살아갈 수 있는 것이다.

결과가 만들어지기 위해선

누군가,

너를 떠나려고 하는 사람이 있는데

그 사람이

너를 힘들게 하는 사람이 아니라면 붙잡아라.

시간은 해결해 주지 않는다.

오직

너의 수고가 있어야 결과가 따를 뿐.

아이들의 웃음소리

난 아이들의 웃음소리가 너무 좋다.
그 아이들의 웃음소리를, 그 순수함을
잃어버리지 않게
노력하고 싶다.

안 괜찮아

난 정말 안 괜찮은데
말로는 계속 괜찮다고 하는 말
이런 버릇을 고쳐야 하는데
이것도 하나의 병이다.

정말 아는데

안 좋은 걸, 안 되는 걸

알지만

왜 자꾸 반복하게 되는 걸까?

오지라퍼

오지라퍼,
그 사람들이야말로 제일 솔직한 사람이다.

불행

네가 날 힘들게 만들었다 하지만
너의 불행을 바라진 않아.

여기서 한 글자만 바뀌면

너의 인생은 언제나 꽃 같길.

감정 소비

더 이상
내가 너에게 화를 안 내는 이유는
너에게 이제 지쳤다는 거야.
그야말로 감정 소비하기 싫어진 거지,
네가 달라진 게 아니라
난 너를 포기한 거야.

피해 주는 건 안 돼

자신 뜻대로 잘하는 건 나쁘진 않다.
다만, 다른 사람에게 피해를 준다면
그때부터 잘못하는 길이 되는 것이다.

자신감

자신감 과다로 자만하지 말고
자신감 최소로 나약해지지 마라.

나답게

무엇보다도 너다운 모습이 최고야.
숨기지 말고, 나다운 모습을 보여 주자.

추억

기억하기 싫은 추억이 있다면

억지로 다른 생각으로

감추려고 하는 것보다

천천히 좋은 추억으로

잊을 수 있게

기다리는 것이 좋다.

후유증으로 남기지 말자.

마음의 병 2

아픔을 그대로 방치한다면
물방울이 모여서 비가 되는 것처럼
마음의 병도
잡을 수 없을 정도로 커진다.

길

이 길이 나에게 맞는 길이 아니라면

내가 길을 가꾸면 돼.

용기

포기할 줄 아는 것도 용기다.

나는 나대로

칭찬이 악이 되기도 하는 걸
왜 사람들은 모를까?
정말 칭찬하려고 좋은 뜻으로 말할 수는 있지만
때론 칭찬이 압박이 되기도 하는데
앞으로 더 잘해야 된다고, 압박이라 느끼지 말고
나는 나대로 살자.

꼰대

꼰대도 좋은 꼰대가 있고
나쁜 꼰대가 있다고 하는데
꼰대라는 말이 이미 나쁜 말인데
좋은 꼰대가 웬 말인가?
그냥 나이 먹은 사람을
꼰대라고 하는 게 아니라
자기가 옛날에 한 일을
똑같이 되돌려 주려고 하는 게 꼰대다.

공사

왜 자꾸 울타리를 만드는가?
마음속 울타리를 벗어나야 하는데
왜 더 강화시키는 공사를 하고 있을까?

재미있지 않아

너 하나 재미있다고 놀리는 행동
또한 하지 마라,
너에겐 웃음 짓는 일이겠지만
그 아이는 울음 짓는 일일 수 있으니
그것은 재미가 아니라 조롱이다.

떳떳하게

부끄러운 일, 후회할 일 하지 말자.

지금 이 순간에도

하고 싶은 거 하면서 살자.

꿈은 영원히 함께

언제나 어디에 있든지
꿈을 잃고 살아가지 말자.

두려워하지 마

실패해도 괜찮아.

넘어져도 괜찮아.

실수해도 괜찮아.

모든 것은 실수에서 비롯되는 거야.

상처를 이겨 내는 방법

나는 울고 상처를 느껴서
힘든 일을 이겨 낼 수 있다고 생각해.
계속 참고 견뎌 낸다고
그 상처가 아물어지는 것은 아니니까,
오히려 상처를 받아들이고
속 시원하게 울고 이겨 내는 게
더 좋다고 생각해.

운다고 지는 게 아니야.
운다고 억울한 게 아니야.
나는 상처를 이겨 내는 중인 거지.

교만과 겸손

교만하지 말자. 항상 겸손하자.

내가 이겨 온 세월을

나의 교만으로 없애지 말자.

항상 명심하고 또 명심하자.

자신감 2

나에 대해 용기가 필요할 때
나에 대해 신뢰가 떨어질 때
과연 무엇을 할 수 있을까 고민될 때
눈 한번 감고 따라와 봐요.
하고 나면 별 게 아니라는 게
느껴질 거예요.

뭐가 그렇게 무서워요?
다 해낼 건데 처음부터 겁먹지 마요.

나는 못 할 것 같을 때
나에 대해 자신이 없을 때
내가 옆에서 있어 줄게요.
내가 옆에서 응원할게요.

장담할 수 있어요

과연 내가 무엇을 할 수 있을까.
고민될 때
나 자신에게 주문을 걸어 봐요.
하고 나면 별게 아니라는 게
느껴질 거예요.

정말이에요.
당신은 꼭 해내고 말 거예요.

내가 장담할게요.
무엇이든 다 해낼 거니까 겁부터 먹지 말고
자신을 믿어요.
자신을 믿는다는 건 제일 큰 힘이니까.

호기심

호기심은 발전 가능성이다.
무언가에 호기심을 가진다면
그 호기심을 풀기 위해
발전해 나갈 것이기 때문이다.

시도

하고 싶은 일은 미루지도 말고 포기하지도 말고
어떻게든 방법을 찾아서
결과를 이루어 내는 게 중요하다.
성공하든지 실패하든지 자신의 몫이겠지만
아무런 시도도 하지 않는다면
꿈도 꾸지 말라.

휴지

복잡한 일이 생기셨나요?
너무 머리 아프다고
머리 잡고 힘들어하지 말고,
마음을 가라앉히고
휴지처럼 잘 풀어 가세요.
급하게 해결하려고 했다간
오히려 뚝 끊길 수 있으니까.
차분하게 천천히 풀어 나가세요.

경험은 값진 재산

경험보다 더 대단한 건 없어요.

모든 일에 겁부터 먹고

뒷걸음치지 말고 부딪혀 보세요.

분명

당신에게 도움이 되는 날이 올 거예요.

별

수많은 별 중에
가장 빛나려면 방법은 하나예요.
당신이 하고 싶은 것,
이뤄 내고 싶은 것,
더 이상 미뤄 두지 마세요.
빛날 수 있게 당신이 움직이세요.

후회 없이

모든 일엔 끝맺음을 확실하게,

후회 없도록.

걱정

파아란 구름이 나에게 계속 따라온다.

가라고 소리쳐도 계속 따라온다.

그러다 잊혀질 때쯤 하늘이 맑게 걷힌다.

행복하기 위해선

나중에 괜찮아질 것이라고
계속 참고 그러지 마라.

지금 당신이 행복하지 않은데
나중에 행복해질 거라는 결론은
어디서 나온 결과인가?

결국 행복한 것을 온전히 받아들이고 느끼는 사람이
행복할 기회가 더 많아지는 것이다.

시선 2

남들의 시선을 두려워하지 마.
그들은 아직 네가 대단한 걸 몰라서 그래.
시선 따위 의식하지 말고
네가 잘하는 대로 해 봐.

거절

거절한다고 나쁜 아이가 되는 게 아닌데

그 사람 마음이 상할까 봐

다 받아 주었었다.

힘들고 지쳐 가는

나를 보지도 않고 말이다.

이제는 더 이상 남을 위해만 살지 말자.

거절한다고 다 싫어하지 않으니

걱정하지 말고 실행하자.

휴게소

경쟁에서 계속 이기려고 달려가면
쉽게 지치기 마련이다.
자동차가 달려가다가
휴게소에서 잠시 쉬어 가는 것처럼
너 자신도 챙기면서 달리도록 하자.

모든 일은 쉽지 않아

무엇이든지 쉽게 하려고 하면
그것은 온전한 내 것이 되지 못한다.
어렵더라도 다 이겨 내면서 얻도록 하자.

행복 2

행복에도 여유를 가질 줄 알아야 해요.

어떤 사람이 그러더라고요,

'나 지금 엄청 행복한데

이게 사라지면 어떡하지?'

맞아요. 행복은 계속되지 않아요.

하지만 그렇다고 해서 불안에 떨며

행복을 맞이할 필요는 없어요.

지금 순간을 행복해하고

행복에 대해서 여유를 느끼세요.

당신에게 온 행복을

애타고 불안해하지 말고 잡으세요.

사람

사람이 좋지만
사람 때문에 스트레스를 받고
사람이 싫어지고

그런데도 사람 때문에 치유가 된다.

할 수 있어

나는 왜 계속 눈치를 봤을까?
조금 더 적극적으로 다가갈걸
이렇게 후회하지 말고
조금 더 표현해 볼걸

나는 왜 숨어 있기 바빴을까?
힘들어도 조금 더 견뎌 볼걸
이렇게 후회하지 말고
조금 더 도전해 볼걸

지금 이렇게 후회해 봤자
달라지는 건 없을 텐데

아니, 지금이라도 표현해 볼래.
그래, 지금이라도 도전해 볼래.

할 수 있어, 늦지 않았어.
갈 수 있어, 끝까지.

대물림

고통은 대물림하는 게 아니야
그 고통을 다른 사람에겐
안 겪게 하려고 해야 하는 거지

내가 겪었다고 해서
그 고통까지 대물림하는 건 아니지.

넘어져도 괜찮아

뭐든지 다 해 봐야
익숙해지는 법이라고 했다.
하지만 피할 수 있는 일은
다 피하고 싶었다.
그러나 사람 일이라는 게
모든 걸 다 피할 수는 없었다.

막상 해 보고 나면 별게 아닌데
정말 별게 아니었는데
왜 이리 망설이는 걸까?

의지 차이? 생각 차이?

무엇이든지 일단은 부딪혀 보는 게
제일 좋은 것 같다.

그 선택으로 인해서
내가 넘어질 수 있겠지만

뭐, 일어나면 되지.

그래, 먼지 털고 일어나면 되지.
그래, 반창고 붙이고 일어나면 되지.

허나 쉬운 일은 아닐 테지.
그래도 몇 분이 걸리든, 며칠 걸리든,
몇 년이 걸리든,
일어나면 되는 것이다.
이겨 내면 되는 것이다.
잘 해낼 것이다.

저는 어렸을 때부터 책을 볼 때 시를 쓰는 사람은
정말 재치 있고 신기하다고 생각을 하곤 했었습니다.
그러다가 나도 책 하나쯤은 만들고 싶다는
생각을 하게 되었습니다. 하나의 버킷리스트인 셈이죠.
하지만 인생에 하나쯤 남기고 싶은 생각이었지,
남들처럼 베스트셀러가 되자는 꿈이 아니었습니다.
물론, 지금도 그게 목표가 아니지만
요즘 들어 책을 쓰고 있으니 많은 고민을 하게 되었습니다.
이 글로 인해 위로받는 사람도 있겠지만,
이 글을 읽고 실망하는 사람이 있으면 어떡하지? 하고
이런저런 고민을 했었습니다.
계속 생각하다가 내린 결론은
나의 마음을 기록해 놓자는 책이었으니
그렇게 처음부터 겁부터 먹지 말라고
스스로 위안을 주었습니다.
누가 꿈은 크게 가지라고 했던가요.
아니에요, 자신이 원하는 걸 이룬다면
그게 바로 꿈을 이룬 것입니다.
나에겐 작더라도 누군가에게 크게 다가올 수 있는

의미 있는 일이니까요,

그래서 저는 소심해 있지 말고 하던 대로 하자는

결론을 내렸습니다.

그리고 실력 없는 저의 글들을 봐 주신

독자님들께 감사의 말씀을 드립니다.

제가 학창 시절에 썼던 글이라 서툴고 완벽한 시들이 아니라 부족한

게 많았을 것 같습니다.

그래서 저는 저처럼 예비 작가님들에게 더 정이 가는 것 같습니다.

예비 작가님들, 언제나 포기하지 마시고

꼭 좋은 책, 좋은 글 만드시길 응원하겠습니다.

그리고 책을 처음 만들다 보니까 시행착오가 많았었는데

책 표지와 일러스트를 도와주신 황다현, 이연주 님께

감사의 표를 보냅니다.

그리고 제가 질문도 많이 하고

모자란 저를 많이 도와주신 출판사께 감사드리고

끝까지 저를 응원해 주셨던 분들께 감사드립니다.

덕분에 포기하지 않고 여기까지 올 수 있었습니다.

모두 감사합니다!!

너의 마음에 똑똑

ⓒ 장하연, 2021

초판 1쇄 발행 2021년 12월 28일

지은이   장하연
펴낸이   이기봉
편집   좋은땅 편집팀
펴낸곳   도서출판 좋은땅
주소   서울특별시 마포구 양화로12길 26 지월드빌딩 (서교동 395-7)
전화   02)374-8616~7
팩스   02)374-8614
이메일   gworldbook@naver.com
홈페이지   www.g-world.co.kr

ISBN   979-11-388-0496-7 (03810)